BIBLIOTHÈQUE MORALE

In-8° Cinquième Série.

MARION JONES

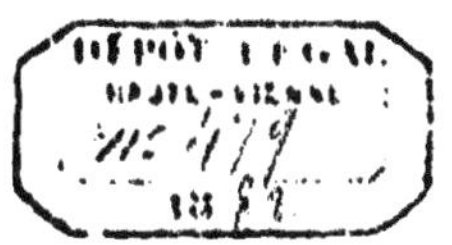

MISS HENRIETTE BEECHER STOWE

MARION JONES

(NOUVELLE AMÉRICAINE)

TRADUCTION DE LA BÉDOLLIÈRE

ÉDITION REVUE

LIMOGES

ANCIENNE MAISON BARBOU FRÈRES
CH. BARBOU, IMPRIMEUR-ÉDITEUR
Avenue du Crucifix.

MARION JONES

Quelle variété infinie de beautés dans la nature ! Que d'espèces différentes dans la seule nature humaine ! La fleur et l'activité de l'enfance, la fraîcheur et l'entier développement de la jeunesse, la dignité de l'âge mûr, la douceur de la femme, toutes variétés multiples, mais parfaites dans leur espèce.

Mais rien n'approche de l'image du ciel comme la beauté du vieillard chrétien. C'est comme le charme de ces paisibles journées d'automne, lorsque les fortes chaleurs d'été ont disparu, que la moisson est en sûreté dans la grange, et que le soleil répand ses derniers feux sur les champs nivelés et les feuilles jaunissantes. C'est la beauté plus sévèrement morale, plus rapprochée de l'âme que celle de toute autre époque de la vie. La fiction poétique ne sépare jamais le vieillard du chrétien ; c'est qu'il n'y a aucune autre période de la vie où les vertus du christianisme trouvent à se développer plus harmonieusement. Le vieillard qui a survécu aux orages des passions, qui a su résister aux tentations, qui a transformé les élans impétueux de la jeunesse en habitudes d'obéissance et d'amour ; qui, après avoir servi sa génération sous l'égide de Dieu, cherche alors un appui pour son corps et pour son âme affaiblis dans celui qu'il a fidèlement servi ; ce vieillard est peut-être l'image la plus pure de la beauté sanctifiée que l'on puisse rencontrer dans ce bas monde.

Des pensées à peu près semblables occupaient mon esprit un jour que je détournais mes pas du cimetière de mon village, où je m'étais arrêté après de longues années d'absence. C'était un agréable endroit ; une pente douce de terre rejoignant un ruisseau qui brillait en courant à travers les cèdres et les genévriers, dominée de l'autre côté par

une verte colline où les maisons blanches
du village se déroulaient comme un collier
de perles.

Rien n'est plus pittoresque dans un pay-
sage que ce contraste d'un cimetière... cette
cité du silence, comme la dénomment si
poétiquement les Orientaux... placé au milieu des richesses et des joies de la nature ;
ses pierres blanches miroitant au soleil,
souvenir permanent du déclin, dernier an-
neau de la chaîne qui unit le mort au vi-
vant.

En traversant lentement les étroites allées
pour lire sur chaque monticule l'inscription
funéraire de l'époux laborieux et économe,
de la femme soigneuse et rangée, de l'enfant
moissonné dans sa fleur, tous en ayant fini
avec les soucis et les joies de ce monde, je
m'arrêtai devant une simple pierre portant
cette inscription : « A la mémoire de Howard
Dudley , décédé dans sa centième année. »
J'avais jadis connu cet aimable vieillard ;
tous les dimanches, dix minutes avant le
service, sa haute stature un peu voûtée pé-
nétrait dans l'église couverte d'un habi
noisette à larges basques et hauts pare-
ments, sur l'un desquels deux épingles

1.

étaien` toujours régulièrement plantées.
Lorsqu'il était assis, le bord supérieur de la
stalle lui arrivait au menton, et sa tête ar-
gentée planait au dessus comme la lune sur
l'horizon. Sa tête vénérable eût servi de modèle pour un saint Jean... chauve sur le
sommet et garnie seulement autour des
tempes de quelques touffes argentées :

> Mais seulement autour de ses tempes ridées,
> Des cheveux argentés tombaient en ondulant :
> Ainsi les blancs festons du givre étincelant
> Décorent un vieux chêne aux branches dénudées.

Il était déjà fort âgé, et les lignes accen-
tuées de son patient visage semblaient dire :
« Et maintenant, Seigneur, pourquoi donc
attendre ?... » Mais il vécut encore de longues années, et jusqu'au dernier moment il
vint occuper sa stalle à l'église.

Il était connu de près comme de loin
comme la personnification vivante de la
paix et de la charité, toujours prêt à cacher
ou à excuser les fautes des autres. Tant
qu'il y avait doute dans un cas déclaré de
mauvaise action, il disait que le coupable
n'avait pas eu de mauvaise intention...
Mais quand le fait était trop avéré pour ad-

mettre cette excuse, il valait mieux à son avis faire le moins de bruit possible ; personne ne pouvait répondre d'un moment de tentation.

Quelques pages du livre de sa vie feront plus clairement ressortir les traits saillants de son caractère. Un certain rusé propriétaire terrier du nom de Jones, qui ne brillait pas par sa réputation d'honnêteté, avait vendu à M. Dudley un lot de terre d'assez forte valeur, et il en avait reçu l'argent ; mais sous divers prétextes il avait différé d'en remettre les titres de cession. Dans ces entrefaites il mourut, et le titre ne put se retrouver, tandis que par testament il léguait ce lot de terre à l'une de ses filles.

Le vieux M. Dudley dit que c'était extraordinaire ; qu'il savait bien que Seth Jones avait la réputation d'aimer l'argent, mais qu'il ne le croyait pas capable d'une telle action. Et il alla trouver le squire Abel pour lui exposer l'affaire, afin d'en obtenir réparation s'il était possible.

— Je n'aime pas le dire, mais vous savez, squire Abel, M. Jones était, était ce qu'il était, bien qu'il soit mort aujourd'hui. C'est tout ce que le brave homme put trouver pour accuser un mort. Lorsqu'il eut appris que le cas n'admettait pas de réparation, il s'en consola en réfléchissant que la terre était passée en héritage à deux pauvres filles. J'espère que cela leur profitera. De *Silence* je n'ai pas grand'chose à dire, mais Marion est une jolie petite fille. Et le vieillard s'en alla consolé, disant que, puisqu'il n'y avait rien à réclamer, mieux valait ne rien dire de cette affaire.

Ces deux filles en question, Silence et Marion, étaient la plus âgée et la plus jeune d'une nombreuse famille, rejetons des trois femmes de Seth Jones, dont il ne restait que ces deux filles. L'aînée, Silence, était une grande forte fille, à l'œil noir, les traits durs approchant de la quarantaine, avec une grosse voix, bien résolue, et ce que l'Irlandais appellerait d'une manière décente de s'en servir. Son nom était un problème pour tout le voisinage, car elle avait plus de facultés et de dispositions à faire du bruit qu'aucune autre fille du village. Mademoiselle Silence était une de ces personnes qui se sentent nullement disposées à céder la plus faible partie de leurs droits. Elle affrontait toutes les discussions, battait en brèche les oppositions, se défendait avec courage, et faisait courir pour elle hommes, femmes et enfants comme après une diligence. Bien qu'elle fût la fille d'un homme riche, richement dotée pour sa part et bien proportionnée, elle possédait une résolution jointe à l'indépendance et à la liberté telle, qu'on ne lui avait jamais connu qu'un jeune homme qui se fût aventuré à venir la demander en mariage ; mais il fut renvoyé avec la promesse que s'il montrait de nouveau son visage autour de la maison, elle lâcherait ses chiens sur lui.

Marion Jones différait de sa sœur comme le convolvulus diffère de la tige grossière qui le supporte. A l'époque où nous nous reportons, c'était une fille modeste, rougissante et svelte, âgée de dix-huit ans, aussi timide et réservée que sa sœur était hardie et robuste. L'éducation de la pauvre Marion avait coûté à miss Silence un monde de peines et d'ennuis, et après tout, disait-elle, la fille ne sera jamais qu'une sotte, puisqu'elle ne pouvait l'habituer, comme elle, à tenir tête au monde.

Lorsque miss Silence vint à apprendre que M. Dudley se croyait lésé par le testa-

ment de son père, elle contesta longtemps
avec un grand déploiement de courage et de
poumons. M. Dudley pouvait mieux em-
ployer son temps qu'à essayer d'enlever
leurs droits à deux pauvres orphelines. Elle
espérait bien qu'il plaiderait, afin d'apprécier
tous les avantages qu'il retirerait d'une si
belle affaire. Un fameux diacre et membre
de l'Eglise, en vérité ! d'inventer des histoi-
res semblables contre son pauvre père mort
et enterré !...

— Mais, dit Marion, M. Dudley est un
brave homme ; je ne crois pas qu'il ait l'intention de faire du tort à qui que ce soit ; il
doit y avoir dans tout cela un malentendu.

— Marion, vous êtes une petite sotte, je
vous l'ai toujours dit, répliqua Silence ;
vous vous feriez arracher vos incisives si
vous ne m'aviez pas pour vous protéger.

De nouveaux incidents amenèrent les affaires de ces deux demoiselles en contact
plus direct avec celles de M. Dudley, comme
nous allons le démontrer.

Le voisin porte à porte de M. Dudley était
un vieux fermier à qui son humeur querel-
leuse avait fait donner le surnom de Père
Mâchoire, dénomination qui s'alliait parfaite-

ment aux traits caractéristiques de sa personne et de ses manières. Grand de taille et assez mal bâti, il avait toujours l'air d'un orage prêt à éclater, tant sa physionomie était sournoise, renfrognée et désagréable. Sa voix, modelée sur sa figure, prenait toutes les intonations aigres et désagréables de la scie, du grincement de la pierre, de l'engouffrement du vent dans les cheminées, ou du hurlement des loups. Par sa nature, il était doué d'un esprit actif, tranchant, orgotour, qui eût coupé un cheveu en quatre pour faire naître quarante questions différentes d'entamer un procès, si l'éducation eut développé chez lui ces dons de la nature, il fût devenu l'un des plus habiles métaphysiciens qui eussent jamais jeté de la poudre aux yeux des générations suivantes. Privé de cet avantage, il excellait encore à mettre dans l'embarras et à mystifier quiconque se trouvait sur son chemin. Mais toutes les facultés de son âme se concentraient sur la chicane ; c'était sa nourriture, sa boisson, l'objet de sa méditation de chaque jour, de trouver quelque part ou dans quelque sujet la matière d'un procès. Il avait toujours en question quelque barrière qui courait trop à

droite où trop à gauche de la propriété voisine, et qui prenait une portion de la meilleure terre ; ou bien les dindons de Pierre
ravageaient ses récoltes, ou les oies de Paul
ne devaient pas sortir de l'étang de la commune, ou toute autre question de cette
importance qui l'occupait ainsi d'un bout
d'une année à l'autre. Comme fonds princi-
pal de distraction, ceci n'était déjà pas trop
mal ; mais le Père Mâchoire ne se contentait
pas de ses propres contestations : son bonheur était de parcourir le village de maison
en maison pour rapporter tous les cancans
des uns et des autres, et fonder une mine
inépuisable de discussions et de procès, ne
laissant échapper aucun détail de la cause,
accompagné des : il m'a dit, dit-il, et je
lui ai dit comme ça, et toutes autres fleurs
de rhétorique. Aussi, grâce à son activité, la
moitié du village était constamment en
guerre avec l'autre moitié.

Or, comme le bon M. Dudley, de son côté,
avait assumé pour lui le rôle de pacificateur,
les capacités de son voisin le Père Mâchoire
lui donnaient assez de besogne pour qu'on
ne le qualifiât pas de sinécure. Il arrivait
derrière le Père Mâchoire, calmant, racom-

modant et remettant les gons d'accord avec
une persévérance merveilleuse.

Le Père Mâchoire lui-même avait ou té-
moignait un grand respect pour le brave
homme, allait chez lui pour lui demander
des conseils, que, comme tous les cher-
cheurs d'avis, il ne suivait qu'autant qu'ils
s'accordaient avec ses intérêts et sa manière de voir. Mais son plus grand plaisir
était de venir s'installer, le soir, au foyer du
vieillard, et de lui raconter les différentes
affaires de la journée où il s'était trouvé
volontairement mêlé.

La grande affaire de toutes les affaires,
celle qui absorbait la plus grande partie des
loisirs du Père Mâchoire, avait pris nais-
sance dans une querelle qu'il avait eue
jadis avec le squire Jones, le père de Marion
et de Silence, au sujet d'une mitoyenneté
entre ses terres et celles du squire.

Le principe de la discussion provenait de
ce que le squire Jones avait un moulin dont
les eaux, à ce que prétendait le Père Mâchoire, inondaient ses bonnes terres. Or comme les bonnes terres du Père Mâchoire
étaient de leur nature moitié marais, moitié
ajoncs, par conséquent susceptibles d'être

dans un état d'humidité, il restait toujours une heureuse obscurité sur la provenance de l'eau. De sorte que quand tous les sujets de discussion étaient épuisés, le Père Mâchoire se récriait en mettant sur le tapis son procès concernant ses bonnes terres ; l'un de ces cas était pendant quand par la mort du squire la propriété échut à Marion et à Silence, ses filles. Le Père Mâchoire ne fut pas le dernier à apprendre que M. Dudley avait été frustré de ce qui lui était dû, et aussitôt il se mit à dresser ses batteries pour entretenir l'affaire dans un état prolongé de discussion. Donc, un soir que M. Dudley était assis paisiblement au coin du feu, lisant en rêvant, un bon livre ouvert devant lui, il entendit sur le paillasson les symptômes précurseurs d'une visite du Père Mâchoire, qui fit bientôt son entrée dans le salon. Il prit place devant le feu, au beau milieu de la cheminée, les coudes appuyés sur ses genoux, et les mains étendues au dessus de la flamme, et fixa le visage calme et doux de M. Dudley avec ses petits yeux de lynx ; il aborda le sujet par cette première réflexion :

— Eh bien, le vieux squire Jones est donc

enfin parti ? Je vous demande à quoi lui serviront ses terres actuellement ?

— Cela prouve, répliqua M. Dudley, combien il est inutile de se disputer dans ce monde la moindre possession. Nous n'apportons rien en entrant dans ce monde, il est certain que nous ne pouvons rien emporter.

— C'est assez vrai, cela ; mais n'est-il pas étrange combien le squire Jones tenait à toutes ces choses ! Je lui ai reproché vingt fois au moins que son moulin endommageait mes bonnes terres, il n'a jamais rien voulu faire pour réparer ce dommage ; maintenant que le voilà parti, sa vieille fille Silence est aussi mauvaise et fait plus de bruit que lui, et elle et Marion ont pris une partie de ma terre ; mais, voyez-vous, j'ai l'intention de faire régler tout cela.

Le Père Mâchoire s'arrêta pour chercher sur la physionomie de M. Dudley quelque encouragement sympathique ; mais le brave homme ne trahissait aucune émotion, et contemplait paisiblement le manche de la longue pelle. Le Père Mâchoire s'agita sur sa chaise, et renouvela son attaque d'une façon plus directe : — J'ai entendu dire, M.

Dudley, que le squire vous avait joué un vilain tour au sujet de ce lot de terrain.

M. Dudley ne répondait toujours rien ; mais la persévérance du Père Mâchoire n'était pas épuisée, il recommença :

— Le squire Abel m'a tout raconté, et il ne sait pas comment cela pourrait s'arranger ; mais je me suis pris à lui dire : Que dis-je, squire Abel ! dis-je, je parlerais presque quelque chose que si M. Dudley voulait me raconter l'affaire, je lui trouverais quelque part un joint pour en sortir ; car, dis-je, j'ai vu la lumière du jour, je dis, à travers des questions plus embrouillées que celle-là.

— M. Dudley restait muet, et le Père Mâchoire, après avoir attendu quelques minutes reprit : — Vraiment, M. Dudley, je voudrais bien connaître les détails de cette affaire.

— J'ai pris la détermination de ne plus jamais parler de cette affaire, dit M. Dudley d'une voix douce, mais ferme et résolue, qui ôta tout espoir au Père Mâchoire de rien tirer de ce côté ; il se mit alors à développer ses propres griefs contre le squire.

— Voyez-vous, commença-t-il tout en

prenant les pincettes et ramassant un à un
les fragments de charbon qu'il entassait au
dessus de la coquille, voyez-vous, deux
jours après l'enterrement (car je ne voulus
pas y aller plus tôt) j'allai pour causer de
cette affaire avec la vieille Silence, car pour
ce qui est de Marion, elle n'entend pas plus
à toutes ces choses qu'une chatte blanche.
Or, voyez-vous, avant de mourir, le squire
Jones avait enlevé une veille barrière qui
séparait sa propriété de la mienne, pour y
bâtir à la place un mur de pierre ; et lorsque
je voulus mesurer, je découvris qu'il avait
pris toute l'épaisseur de son mur sur mon
terrain, au lieu de n'en prendre que la
moitié, comme c'était son droit. Or, voyez,
je n'ai pas pu en parler au squire Jones,
parce que quand j'ai découvert la chose, il
était mort ; j'ai pensé alors que je devrais
m'adresser à la vieille Silence pour voir si
elle consentirait à entrer en arrangement, à
peu près sûr d'avance qu'elle ne voudrait
rien entendre. Mais si vous aviez entendu
la péronnelle s'escrimer du bec, que j'ai cru
qu'elle en étranglerait !... Cela lui serait arrivé, si dans le moment la pauvre Marion
n'était entrée toute tremblante de peur. Ma-

rion est une bien jolie fille, et si douce, si délicate, que ce serait dommage de la vexer, de sorte que pour cette fois je me retirai.

Le Père Mâchoire aperçut enfin un rayon de satisfaction sur le visage du bon vieillard, et il en tira au moins cette consolation qu'il était enfin parvenu à l'intéresser à son histoire.

Cependant M. Dudley méditait profondément sur les moyens de mettre fin à une contestation qui le tourmentait depuis un temps immémorial ; et justement il venait de se présenter à son esprit un plan qui se rattache au dénoûment de notre histoire.

Le moyen que le vieillard avait imaginé pour mettre fin aux contestations entre les parties était de ceux considérés comme spécifiques certains pour réconcilier dès la plus haute antiquité les souverains et les Etats ; et il espérait en tirer une influence pacificatrice dans un cas aussi désespéré que celui de miss Silence et du père Mâchoire.

Jadis M. Dudley avait, pendant plusieurs hivers, tenu l'école du district, et parmi ses élèves, il avait compté la gentille Marion Jones, alors une petite fille rose et potelée, avec des yeux bleus, des cheveux blonds frisés, et les meilleures dispositions du monde. Il y avait aussi le petit Joseph Adams, fils unique du Père Mâchoire, un beau garçon brun et robuste, qui épelait les mots les plus longs, faisait les plus grosses boules de neige, les plus jolis chalumeaux, et lisait plus vite et plus haut qu'aucun élève de la classe.

Maître Joseph prenait toujours sous sa protection spéciale la petite Marion, la conduisait à l'école, l'aidait à faire les trop longues additions, veillait à ce qu'on ne lui volât pas son déjeuner dans son panier, fouettant, houspillant tout garçon qui lui faisait obstacle. Les années s'écoulèrent, et le Père Mâchoire envoya son fils au collège. Il l'y envoya, disait-il, parce qu'il en avait le droit tout autant que le squire Abel ou autre. Ce furent ces deux images fraîches et souriantes de son ancien favori Joseph et de sa préférée Marion qui vinrent à l'esprit de M. Dudley, et qui parurent lui ouvrir les portes du futur. Donc, quand le Père Mâchoire eut achevé sa phrase, M. Dudley lui dit :

On dit que votre fils va bientôt recevoir son diplôme et quitter le collège.

Bien qu'un peu surpris de cette brusque transition, le père Adams trouva l'observation trop flatteuse pour ne pas y répondre avec empressement ; il répondit avec une grimace de satisfaction :

— Sans doute, je ne vois pas pourquoi le fils d'un pauvre homme n'aurait pas autant le droit de monter que le fils de tout autre, s'il peut y atteindre.

— C'est juste, répliqua M. Dudley.

— Il a toujours montré des dispositions pour apprendre, et rien que pour cela. A la ferme on n'en pouvait rien faire. Si je l'envoyais battre du grain ou entasser des pommes de terre, je le trouvais à la chasse des mulots ou des écureils ; mais avec un livre il était à son affaire. Il apprit plus vite qu'aucun garçon du village ; il n'y avait pas un mois qu'il avait commencé son ABC, qu'il lisait déjà les fables, et un mois plus tard dans l'Ancien Testament ; et vous voyez, au collége, il est arrivé le premier.

— Et il revient ici la semaine prochaine, dit M. Dudley d'un air pensif.

Le lendemain, à son déjeuner, il fit observer à sa femme : — Sally, n'avez-vous pas l'intention de mettre la nappe (expression proverbiale), de donner un régal la semaine prochaine ?

— Je ne vous en ai pas dit un mot, qu'est-ce qui vous fait penser à cela ?

— J'ai cru que vous m'en aviez parlé, dit paisiblement le vieillard.

— Mais cela n'est pas impossible, si je puis avoir la vieille Suzanne pour m'aider à faire les gâteaux et les tartes.

— Vous ferez bien, je crois, répliqua M. Dudley ; nous inviterons toutes les jeunesses du village.

Nous passerons par dessus toutes les opérations de mouture, de pétrin, de mâchage et de cuisson, qui, la semaine suivante, révélaient l'approche du jour férié dans la cuisine de M. Dudley ; Suzanne, la prêtresse obligée de ces grandes solennités, avait présidé à tous les préparatifs, et la nappe hospitalière se trouva mise au jour indiqué.

Les invitations n'avaient pas manqué de comprendre les demoiselles Silence et Marion Jones ; M. Dudley avait poussé la galanterie au point de se rendre lui-même porteur du message. Il en fut récompensé par une bordée de miss Silence, qui lui donna un échantillon de sa pensée en matière des

2

droits des veuves et des orphelins ; ce à quoi
le bon vieillard se contenta de répondre avec
beaucoup de douceur :

— Bien, bien, miss Silence, vous jugerez
mieux toutes ces choses avant peu ; ainsi il
vaut mieux ne pas en dire davantage sur ce
sujet. Et prenant son chapeau, il partit, laissant miss Silence extrêmement soulagée
d'avoir déchargé sa conscience, mais affir-
mant qu'autant valait tirer un coup de fusil
dans une balle de coton que de chercher à
discuter avec M. Dudley. Malgré cela, elle
n'irait pas, dit-elle, à cette partie, et Marion
pas davantage.

— Mais, ma sœur, pourquoi pas ? dit la
jeune fille ; je crois que j'irai. Et Marion dit
ces mots avec une douceur si affirmative,
que Silence en fut ébahie,

— Qu'avez-vous, Marion ? dit-elle ouvrant
de grands yeux ; auriez-vous le cœur d'aller chez l'homme qui fait tout ce qu'il peut
pour nous ruiner ?

— J'aime M. Dudley, répliqua Marion ; il
a toujours été bon pour moi quand j'étais
enfant, et je ne croirai pas qu'il soit devenu
méchant depuis.

Lorsqu'une jeune personne affirme qu'elle

ne croira pas une chose, les bons juges de l'humaine nature peuvent l'abandonner comme perdue ; mais miss Silence, pour qui le langage d'opposition était entièrement neuf, ne pouvait en croire ses oreilles. Elle répéta en conséquence, mais sur un ton plus haut, tout ce qu'elle avait dit auparavant ; système de raisonnement qui, s'il n'est pas rigoureusement logique, rencontre néanmoins la sanction d'autorités, très respectables chez les lettrés et les savants.

— Ma chère Silence, dit Marion, lorsque l'orage se fut calmé faute d'aliments, si ce n'était pas avoir l'air d'être fâchées contre M. Dulley, je resterais pour vous obliger ; mais ce serait prendre part dans une querelle dont je ne veux jamais entendre parler.

— Alors on vous marchera dessus, et l'on vous foulera aux pieds, dit Silence. En tout cas, s'il vous plaît de faire la sotte, il ne me plaît pas de suivre votre exemple ; et elle sortit furieuse de la chambre. Mais il arriva que miss Silence, après avoir dépensé toute sa colère, n'en trouva plus pour le moment décisif. Il en résulta qu'après avoir dit tout ce qu'elle avait à dire sur le sujet à M. Dud-

ley et à Marion, elle se calma et devint de
meilleure humeur ; puis vinrent les réfle-
xions sur les charmes d'une partie comme
celle projetée, les bavardages, les médisan-
ces sur telle ou telle. Pourquoi n'irait-elle
pas, aprèstout? Quel mal y aurait-il?... Con-
clusion importante ! Son devoir n'était-il pas
d'accompagner partout Marion, qui n'avait
plus de mère pour veiller sur elle ?

En conséquence de toutes ces sages réfle-
xions, le jour suivant, tandis que Marion
était occupée à tresser ses jolis cheveux
devant son miroir, elle fut saisie de peur en
voyant entrer dans sa chambre miss Silence,
roide comme un piquet, dans son fourreau
de soie changeante, et coiffée d'un haut pei-
gne de corne.

— Eh bien, Marion, dit-elle, si vous voulez absolument aller ce soir à cette partie, je
n...se qu'il est de mon devoir de vous y accompagner.

Que de gens se trouveraient dans l'embarras sans ce puissant abri du devoir, sous lequel ils se réfugient pour excuser la versa-
tilité de leur esprit! Marion retint un sourire
de malice, qui, malgré elle, s'épanouissait
aux deux angles de ses yeux, et dit à sa sœur

qu'elle la remerciait de sa sollicitude. Elles partirent ensemble.

En route, Silence fit un long discours sur l'importance qu'il y avait pour tout le monde à défendre ses droits et à ne se laisser molester par personne.

La journée se passa très agréablement : les dames âgées mangèrent et firent des cancans ; les plus jeunes discutèrent sur les mérites des jeunes gens que l'on attendait pour égayer la réunion du soir. On citait parmi eux le nouvel arrivé, Joseph Adams, rapportant du collège une auréole de science et de gloire littéraire.

On déclara à la majorité des voix que le jeune homme étaiten somme un bel homme, bien qu'il y eut quelques discussions sur la manière dont il portait ses favoris, l'une objectant qu'il leur laissait prendre un trop grand développement, une autre soutenant qu'ils avaient la juste proportion, tandis qu'une troisième affirmait qu'il n'en portait pas du tout.

Enfin sonna l'heure tant désirée, et l'un après l'autre les seigneurs de la création firent leurs entrée, précédant le héros tant attendu, qui vint l'un des derniers.

— Voilà Joseph Adams! C'est lui! c'est celui-ci! Tel fut le murmure qui circula dans la pièce lorsqu'un beau et sémillant garçon fit son entrée avec l'aisance due à l'habitude d'affronter les regards inquisiteurs de tout un essaim de beautés.

Notre ami Joseph avait passé la plus grande partie de son temps à N***. Sa belle prestance, ses manières distinguées, le charme de sa conversation, l'avaient fait rechercher du beau monde de N***.

Il nous reste sur le compte de notre héros une vérité à dévoiler, sur laquelle, pour remplir consciencieusement notre devoir d'historien, nous glisserons légèrement, afin de lui conserver les bonnes grâces de nos lectrices. M. Joseph Adams, reconnu sans rival au collège, et gracieusement adulé dans les salons en renom, inclinait fortement à se croire un jeune homme remarquable, et à penser avec assurance qu'il n'aurait qu'à se présenter pour plaire, pensée très inconvenante pour un jeune homme. Quoi qu'il en fût, il circula parmi les dames, donnant des poignées de main aux douairières, et écoutant avec complaisance les commentaires sur sa croissance et sur les avantages

personnels qu'il avait acquis, le tout corres-
pondant en points de ressemblance avec père, mère, grand'père, grand'mère, que les
femmes âgées croient toujours retrouver
dans la jeunesse.

Il eut bientôt reconnu parmi les jeunes ses
anciennes camarades d'école, et ses compagnes dans les excursions d'été et les ven-
danges, et trouva aussitôt divers sujets inépuisables de conversation. Néanmoins, son
œil errait parfois autour de la chambre,
comme s'il lui manquait encore un de ses
plus heureux souvenirs. Mais il s'anima tout
à coup d'un éclair radieux en découvrant la
longue et maigre figure de Silence ; étaient ce
bien les charmes séduisants de celle-ci, ou
d'autres causes, qui mettaient tant de feu
dans ses regards, c'est ce que le lecteur dé-
cidera en lui-même.

Mademoiselle Silence avait pris la ferme
détermination de ne plus jamais adresser la
parole au Père Mâchoire ni à aucun de sa
race ; mais elle fut prise d'assaut par la
franchise de l'abord du jeune homme, qui
lui tendit la main comme à une vieille amie.
Une fille de quarante ans ne pouvait résister
à ce témoignage adressé par un beau jeune

homme ; miss Silence donna sa main, et répondit avec une graciouseté qui l'étonna
elle-même. Cependant deux yeux bleus bien
doux, brillant dans un coin de la chambre,
cherchaient à reconnaître dans notre héros
les traits de l'écolier d'autrefois. C'était bien
lui, toujours lui, avec ces mêmes regards joyeux qui veillaient jadis sur elle derrière le
grand alphabet ; et Marion donna un soupir
à ces souvenirs du passé, s'étonnant qu'elle
pût encore songer à tant d'enfantillages.

— Comment va votre sœur, la petite Marion ? s'informa Joseph.

— Elle est ici, dit Silence ; ne l'avez-vous
pas encore vue ? Elle est là-bas dans ce
coin.

Joseph n'en pouvait pas croire ses yeux. Il
avait devant lui une grande belle fille, svelte,
fraîche et rose, un vrai modèle de parfaite
santé alliée à toute la délicatesse féminine
des jeunes filles de la Nouvelle-Angleterre.

Elle racontait quelque plaisante histoire à
un groupe de filles jeunes et gaies comme
elle ; les riches couleurs qui circulaient sous
le duvet de ses joues, les fossettes qui se
jouaient du menton aux lèvres comme autant
d'amours, la limpidité de l'œil, les boucles

ondoyantes, et par dessus tout ce sourire heureux, la franchise et la simplicité d'expression qui rayonnait autour d'elle, tout cela réuni formait un ensemble si parfait, si séduisant, que notre héros en devint muet de surprise : et lorsque Silence, qui avait à un degré remarquable la promptitude d'exécution, eut dit à haute voix : Marion ! venez ici, voici Joé Adams qui demande de vos nouvelles ; notre expérimenté jeune homme se sentit rougir jusqu'à la racine des cheveux ; et il eut à peine assez de présence d'esprit pour s'incliner et saluer. Marion rougit aussi ; mais le trouble qu'elle découvrit chez son ancien camarade d'école donna à l'expression de sa physionomie un air de malicieuse timidité qui ne fit qu'accroître la confusion de Joé.

— Je ne suis qu'un maladroit, pensa-t-il ; et rassemblant son courage, il s'élança dans le cercle formidable des beautés, causant avec les unes, appelant les autres par leurs noms de baptême, et se souvenant de choses qui n'étaient jamais arrivées avec l'aplomb le plus imperturbable.

— Il est devenu bien beau garçon, pensait Marion, qui rougit chaque fois que les yeux

3.

noirs de notre héros se croisaient avec les
siens, et semblaient lui adresser la même
observation. Lorsque la société se dispersa
à neuf heures très précises, selon les us et
coutumes du village, notre héros réclama de
miss Silence l'honneur de la reconduire chez
elle, acte de considération qui l'éleva d'une
manière sensible dans l'opinion de la demoiselle. Il faut dire que, s'il lui offrit son bras
droit, Marion appuyait légèrement sa petite
main blanche sur son bras gauche, et que
cette légère pression activait les battements
de son cœur, au point que les bâtons rom-
pus de la conversation causaient fréquem-
ment à miss Silence l'occasion de répéter:
Que disiez-vous? Vous alliez dire quelque
chose? et autres formules d'interrogation.

Lorsqu'ils se séparèrent à la grille, Silence l'invita cordialement à les venir voir
quand cela lui ferait plaisir, invitation qu'il
considéra comme la chose la plus importante qui se fût dite de toute la soirée.

Les pensées de Joé, en rentrant chez lui
d'un pas lent et sobre, prirent une direction toute nouvelle sur les ennuis de la
solitude, le besoin d'amis qui se compren-
nent, les charmes de la sympathie, et autres

questions psychologiques. La nuit, il rêve
qu'il trottait, son petit panier sous le bras,
vers la vieille maison d'école, et qu'il essa-
yait en vain de rattraper Marion Jones, qu'il
apercevait devant lui avec son petit chapeau
de paille ; puis il se retrouvait dans l'école
assis à côté d'elle, tous deux penchés sur
une ardoise, et les boucles soyeuses de la
jeune fille frôlant son visage ; puis il acca-
blait de boules de neige Tom William, parce
qu'il avait fait tomber le château de cartes
de Marion ; ou bien il était assis sur un banc
avec elle, pour lui aider à faire une longue
addition ; mais, avec cette fatalité que présen-
tent souvent les rêves, il avait beau comp-
ter et recompter, il ne trouvait jamais la même
somme ; et il se réveilla le matin, pestant
contre sa mauvaise fortune, et Marion, qui
le regardait avec ce sourire malicieux de la
veille.

— Joseph, dit le Père Mâchoire le lendemain à déjeuner, je suppose que les filles du
squire Jones n'étaient pas à cette soirée ?

— Mais, si, mon père, elles y étaient toutes les deux.

— Vous plaisantez ?

— Pas le moins du monde ; elles étaient
présentes.

— Je croyais que la vieille fille avait trop de fierté pour cela; vous savez qu'il existe une contestation entre M. Dudley et ces deux filles?

— En vérité! dit Joseph; je croyais que le diacre ne se querellait jamais avec personne.

— Non, mais Silence se querellera avec lui; c'est une rude créature, celle-là. Et le père Mâchoire se renversa sur sa chaise pour songer avec plaisir aux rares qualités de miss Silence pour les discussions. — Mais je la dompterai, reprit-il, j'en connais les moyens.

— Je ne savais pas, mon père, que vous eussiez rien à démêler avec leurs affaires.

— Vous ne saviez pas cela? Vous verrez si je n'ai rien à démêler avec eux... Écoutez, Joseph, je veux que vous soyez avocat; je le suis pas mal déjà moi-même pour un homme qui n'a pas été au collège. Mais voici de quoi il s'agit... Et le père Adams se lança dans un exposé des motifs du litige, et conclut par ces paroles: Maintenant, Joseph, voici la pierre sur laquelle vous pourrez aiguiser vos esprits.

En témoignage de son obéissance pour

les volontés de son père, notre héros se dirigea après son déjeuner vers la maison du
squire Jones, sans doute pour passer en re-
vue les prairies, le moulin et le mur de
pierre; mais par une incroyable méprise, il
arriva droit devant la porte de la maison.

Le vieux squire avait fait partie de l'aris-
tocratie du village, et sa maison était le
modèle du genre pour l'architecture et l'a-
meublement. La grande pièce sur le devant,
au lieu d'être grossièrement parsemée de
sable fin, resplendissait d'un beau tapis à
raies rouges, jaunes et noires. Une massive
garniture en cuivre bruni à blanc, composée
d'énormes chenets et de pelles et pincettes
d'une hauteur démesurée, garnissait l'anti-
que cheminée de marbre. La sainteté du lieu
était entretenue par de gros volets de chêne,
presque toujours fermés, ne laissant passer
la lumière que par deux ouvertures prati-
quées dans le haut, et que l'on n'ouvrait que
dans les grandes solennités.

Notre héros fut donc surpris de trouver
ouvertes la porte et les fenêtres de cet appar-
tement. L'ameublement conservait son am-
pleur matérielle et gothique, mais divers ob-
jets attestaient que des doigts plus fins

avaient travaillé à son embellissement depuis les jours de la bonne dame Jones. On voyait sur une jolie table ronde un vase de fleurs, quelques livres de poésie, un petit panier à ouvrage d'où s'échappaient des échantillons de broderie, un petit pupitre avec écritoire, et l'album indispensable dans la collection d'une dame avec ses feuilles de toutes les couleurs de l'arc-en-ciel, renfermant des vers à la louange de Marion.

— Ah ! ah ! dit en lui-même M. Joseph Adams, cette paisible beauté ne manque pas d'adorateurs, ce me semble. Son cœur serait-il déjà pris ? Le bruit imperceptible d'un pas léger et le frôlement d'une robe vinrent interrompre le cours de ses observations, et miss Marion parut devant lui.

— Bonjour, miss Jones, dit-il en s'inclinant.

Il y a quelque chose d'assez comique pour deux jeunes gens qui se sont connus enfants et sous les dénominations familières de Marion ou Joseph, de se retrouver grands, et de se dire pour la première fois monsieur et mademoiselle. Tous deux sont enclins à reprendre la familiarité de leur âge, et sont gauchement retenus dans leur élan par la pensée qu'ils ne sont plus enfants. Les deux jeunes gens avaient déjà, la veille, éprouvé cette sensation ; mais elle revenait plus forte, alors qu'ils se trouvaient seuls ; et lorsque Marion eut offert une chaise à M. Adams, et que M. Adams se fut informé de la santé de miss Marion, il s'ensuivit entre eux une pause, qui, plus elle se prolongea, plus elle parut difficile à rompre, et pendant laquelle le joli visage de Marion s'épanouissait sous une expression de gai et malicieux sourire. M. Adams regardait la fenêtre, le manteau de la cheminée, le plafond, puis le tapis, et enfin Marion. Leurs yeux se rencontrèrent : l'effet fut électrique ; tous deux partirent d'un éclat de rire. La glace était rompue.

— Vous rappelez-vous, Marion, notre vieille école ?

— Je me doutais bien que c'était là ce que vous pensiez ; mais en vérité vous avez tant grandi, et vous êtes tellement changé, qu'hier au soir je ne pouvais en croire mes yeux.

— Et moi, donc ! dit Joseph avec un regard éloquent qui donnait à son exclamaton une ardente signification.

Nos lecteurs peuvent s'imaginer qu'après
ce préambule la conversation devint pro-
gressivement confidentielle et intéressante...
que les deux jeunes gens se racontèrent
mutuellement tout ce qui les avait impres-
sionnés pendant leur séparation, et qu'ils
découvrirent dans l'esprit l'un de l'autre
une foule de qualités dont ils n'avaient pas
la moindre idée avant leur rencontre. Joseph
fit naître l'occasion de promettre d'apporter
des livres, afin de pouvoir revenir le lendemain.

Nos jeunes amis s'habituèrent peu à peu
à se voir tous les jours sans bien se rendre
compte que l'habitude devenait pour eux
une nécessité. Ils passèrent de longues
soirées à faire des promenades au milieu
des bois et de la campagne riches des derniers parfums de l'automne, parlant sentiment et poésie. Presque tous les jours
Joseph trouvait un nouveau prétexte pour
revenir le lendemain; un livre pour miss
Marion, des racines ou des herbes pour
miss Silence, ou du chanvre fin pour tisser;
soins et attentions qui lui conservèrent les
bonnes grâces de cette dernière, lui faisant
dire que c'était un jeune homme sachant
comment se conduire dans le monde.

On ne suppose pas que toutes ces choses se passaient sans éveiller la curiosité des oisifs et des mauvaises langues, toujours occupés à épier les faits et étoiles brillantes du pays; et comme il est d'usage en pareil cas, on affirmait comme certains des faits ignorés même des parties intéressées. Les jeunes gens et les jeunes filles chuchotaient et plaisantaient entre eux sur l'issue probable et prochaine de cette liaison, tandis que les matrones traitaient gravement la question lorsqu'elles se réunissaient le soir pour filer et tricoter, supputaient les fortunes des demoiselles et du père Adams, et les qualités ménagères de la jeune fille et les qualités morales du jeune homme.

Mais les plus effrayantes suppositions s'élevaient sur la conduite que tiendrait le père Adams lorsqu'il serait instruit de l'affaire. On connaissait son procès avec les deux sœurs, et l'on se demandait ce qu'il adviendrait d'un conflit entre deux vigoureux athlètes comme lui et miss Silence à propos d'une alliance entre les deux familles. On disait en outre que M. Dudley ayant des droits sur la portion qui revenait à Marion, la perte de cette part rendrait plus difficile encore le consentement du Père Mâcholro. Miss Silence ignorait tout ce qui se passait autour d'elle et continuait à traiter Marion en petite fille, n'ayant pas la moindre idée qu'une fille qui ne pouvait sans être surveillée faire des conserves ou donner un dîner songeât à devenir elle-même une maîtresse de maison. A la vérité, elle commençait déjà à remarquer un changement extraordinaire dans l'esprit et les manières de sa sœur, qu'elle perdait parfois la tête, oubliant de mettre la gingembre dans les pains d'épice, mettant dans d'autres de la farine de moutarde, entraînant la salière avec la nappe, et laissant dix fois par jour entrer le chat dans le garde-manger ; et enfin, lorsqu'elle la grondait pour toutes ses étourderies, elle se mettait à pleurer, et faisait toutes choses un peu plus mal qu'auparavant. Silence pensant que Marion était atteinte d'une maladie nerveuse, lui fit une décoction d'absinthe et de chiendent pour calmer, disait-elle, cette irritation. La pauvre Marion avait beau protester qu'elle n'était pas malade, miss Silence répondait qu'elle savait mieux qu'elle ce qu'il fallait pour la guérir. Un soir elle entretint longuement M. Joseph

Adams sur tous ces symptômes qu'elle avait observés chez sa sœur, concluant par la demande de son avis sur les propriétés de l'absinthe et du chiendent.

La pauvre Marion avait ce jour même subi les tracasseries et les allusions de ses jeunes compagnes sur ses rapports avec Joseph Adams, la laissant bien convaincue que les pierres et les feuilles étaient dans la confidence de ses plus secrètes pensées, et qu'elle n'aurait bientôt plus rien de caché pour celui dont elle ignorait encore les intentions. Il trouverait bien certainement qu'elle se conduisait comme une sotte, il n'éprouvait pour elle sans doute qu'une amitié fraternelle, et elle ne voulait pour rien au monde qu'il soupçonnât qu'elle eût pour lui autre chose qu'une affection de sœur ou d'ancienne camarade. Elle était donc assise à son tricot, agitant ses aiguilles sans trop savoir ce qu'elle faisait, lorsque la voix stridente de Silence frappa son oreille.

— Marion, comment tournez-vous donc ce talon ? Pouvez-vous me dire ce que vous faites là?

Marion laissa tomber son tricot, et s'enfuit dans une autre chambre.

— Avez-vous vu jamais cela? dit Silence posant l'ouvrage qu'elle tenait à la main. Que pensez-vous de cela, monsieur Adams ?

— Miss Marion est sans doute indisposée, répliqua gravement notre héros. Je vais lui recommander de suivre vos conseils, miss Silence.

Notre héros alla retrouver sur le seuil de la porte Marion, qui regardait la lune et les étoiles, et la pria de lui confier ses chagrins.

Elle n'avait rien, répondit-elle; les jeunes filles avaient l'habitude de se plaindre lorsqu'elles étaient seulement tristes et moroses ; et pour prouver qu'elle était en excellente disposition d'esprit elle se mit à massacrer un pauvre rosier qui n'en pouvait mais.

— Marion! dit Joseph lui prenant la main et d'un ton solennel qui la fit tressaillir. Elle rejeta en arrière ses longues boucles de cheveux, et le regardant avec une innocente confiance...

Achevez cette partie de notre histoire, cher lecteur. Nous n'aimons pas à révéler ces mystères sacrés... les pensées qui se transforment en aveux brûlants dans ces épan-

chements du cœur, qui n'ont pour témoins
que la lune muette et silencieuse. Vous
vous imaginerez sans effort les suites de
cette confidence. Nous affirmerons seulement aux incrédules que ces sortes de mala-
dies dont Silence croyait sa sœur atteinte se
guérissent sans le secours d'absinthe ou de
chiendent. Notre héros et notre héroïne furent rappelés aux réalités par la voix de
miss Silence, qui s'avançait dans le corridor
pour savoir ce qu'au monde on pouvait
avoir à se dire si longtemps. La sœur aînée
fut bientôt rassurée par les paroles d'un
jeune homme instruit et savant comme M.
Joseph, qui lui représenta qu'il n'y avait
nullement à s'alarmer de la situation de sa
sœur. A partir de cette soirée, Marion sentit
son cœur soulagé d'un poids énorme.

— Savez-vous ce qu'on me dit, Joseph ?
dit un jour le père Adams : on dit que vous
vous êtes mis dans la tête de vous marier à
cette petite Marion Jones, j'ai justement envie
de savoir si ce qu'on dit est vrai ?

La brusquerie de cette attaque, était bien
faite pour prendre notre héros par surprise ;
il ne put que répondre :

— Si cela était... y trouveriez-vous quelque objection, mon père ?

— Ne me parlez pas de cela... Je vous demande si ce qu'on m'a dit est vrai ?

Joseph mit ses mains dans ses poches, et s'approcha de la fenêtre en sifflant.

— Parce que si cela est, je vous conseille de défaire votre cœur le plus vite que vous pourrez, attendu que la fille du squire Jones n'aura jamais un sou de mon argent ; c'est moi qui vous le dis.

— Ma foi, mon père, je pense que Marion Jones ne saurait être blâmée pour les sottises de son père, je vous assure que c'est une bien jolie personne.

— Je m'inquiète pou si elle est jolie ; qu'est-ce que cela peut me faire ? Je vous ai envoyé au collége, Joseph, et cela m'a coûté cher, croyez-le bien ; vous voici de retour, et pour votre premier exploit vous faites la cour à cette fille du squire Jones, qui se donnait toujours des airs d'être plus que moi. D'ailleurs j'ai l'intention d'avoir un procès au sujet de cette propriété. M. Dudley aussi veut leur faire un procès, et si nous gagnons cette fille ne possédera plus rien ; et si vous vous mariez, je veux que vous ayez quelque chose. C'est un tour que ces filles veulent me jouer ; mais je le leur rendrai bien. Je vais aller causer un peu avec cette Silence, et lui faire connaître ma manière de voir à son sujet.

— Silence, dit Marion retirant vivement la tête de la fenêtre et d'une voix émue, voici M. Adams qui vient chez nous.

— Joé Adams ? Eh bien ' qu'y a-t-il là d'étonnant ?

— Non pas lui, ma sœur, 'mais son père... C'est le père Mâchoire.

— Quand ce serait lui, enfant ? Pourquoi vous effaroucher ? Croyez-vous donc qu'il me fait pour ? S'il en veut plus que je ne lui en ai servi la dernière fois, il aura son compte. Et miss Silence prit son tricot, et vint s'asseoir dans son grand salon, droite comme un piquet, les lèvres pincées et dans une attitude de défi, tandis que la pauvre Marion, sentant son petit cœur battre dans sa prison à tout briser, se glissa hors du salon.

— Bonjour, mademoiselle Silence, dit le père Adams après avoir essuyé ses pieds pendant un quart d'heure.

— Jour, monsieur, dit Silence supprimant l'augmentatif bon.

Le père Adams prit une chaise, et vint

d'un air délibéré s'asseoir en face de son ennemie, mit son chapeau à terre, et contempla miss Silence d'un air satisfait, comme le loup prêt à fondre sur sa proie.

Miss Silence releva dédaigneusement la tête, trouvant au-dessous d'elle de commencer les hostilités.

— Ainsi donc, miss Silence, vous n'êtes pas disposée à faire de concession dans notre affaire ?

— Quelle affaire ? répliqua Silence avec l'intonation d'une châtaigne qui éclate en rôtissant dans la poêle.

— Je croyais vraiment, miss Silence que dans l'entretien que j'eus avec vous concernant la fraude du squire Jones...

— Monsieur Adams, dit Silence, je vous préviens tout d'abord que je ne supporterai pas une seule de vos insolences. Vous n'avez pas l'ombre de politesse ni de bon sens, ni de la décence, d'oser venir me parler dans ces termes de mon propre père ; et je ne le tolérerai pas, je vous en préviens.

— Comme vous y allez, miss Jones ! Sans doute votre père est mort et enterré ; et nous pouvons passer sur le mot fraude, comme je disais à M. Dudley, qui me parlait de ce lot de terre... Vous savez de ce lot qu'il lui a vendu, et dont il ne lui a jamais remis l'acte de vente ?

— C'est un mensonge vociféra Silence, qui se leva droite et furieuse ; c'est un infâme mensonge ! Je vous le dis en face avant que vous ajoutiez un mot de plus.

— En vérité, miss Silence, vous paraissez un peu susceptible. Enfin, s'il lui plaît d'oublier cela, d'autres l'oublieront aussi, parce que M. Jones était un membre de l'Eglise, et que M. Dudley est chatouilleux sur le compte des docteurs. Mais vraiment, miss Silence, je ne croyais pas que vous et Marion vous fussiez si rusées dans vos manières d'agir.

— Je ne sais ce que vous voulez dire, et ce qu'il y a de mieux, je m'en moque, riposta Silence, qui reprit son ouvrage, et assuma l'attitude roide et gourmée qu'elle avait au début.

Il y eut un silence de quelques instants, pendant lequel les traits de Silence trahissaient de vains efforts pour comprimer la sourde rage qui bouillonnait au fond de son cœur, ce que le père Mâchoire observait avec une joie mal déguisée.

3

— Voyez-vous, continua le vieux sour-
nois, je n'aurais pas eu tant d'objections à
ce que votre sœur Marion fît la cour à mon
fils Joé sans ces mauvaises affaires.

— Faire la cour à votre fils ! Monsieur
Adams, qu'entendez-vous par ces paroles ?
Personne ici ne recherche votre fils. Sans
doute il est poli, plus poli que vous ; mais
avec un vieux dragon de père comme vous,
je vous réponds qu'il ne trouvera personne
pour lui faire la cour, ni pour se la laisser
faire par lui non plus !

— Ma foi, miss Silence, vous n'êtes guère
polie vous-même.

— Polie ! je voudrais bien savoir qui
pourrait rester polie avec vous ? Vous savez
aussi bien que moi que tout ce que vous
venez de dire là, c'est par pure méchanceté,
et c'est tout ce que vous savez faire dans
tout le village.

— Miss Silence, je ne veux pas avoir de
raisons avec vous. Tout le village à la ronde
sait très bien que votre sœur Marion compte
épouser mon Joé, et vous pensiez peut-être
que c'était le meilleur moyen d'arranger nos
affaires. Mais voyez-vous, j'ai dit à mon fils
que je ne pouvais m'arranger de toutes ces

manigances-là ; je lui ai dit que des jeunes gens, pour commencer la vie de ménage, devaient avoir l'un et l'autre un peu de fortune, et que si Marion perdait ce lot de terre, comme c'est probable, sa part en serait par trop réduite ; vous voyez donc bien que je ne veux pas vous laisser de fausses espérances sur ce point.

— Ah ! par exemple, c'est trop fort ! s'écria Silence hors d'elle-même. Croyez-vous donc, vieux grigou, que je ne devine pas ce qui vous amène ici ? Moi et Marion courtiser votre fils ! N'avez-vous pas honte de votre conduite ? et pouvez-vous me dire ce que nous avons fait, l'une ou l'autre, pour vous mettre de telles billevesées dans la tête ?

— Je ne pensais pas que vous le recherchiez pour vous-même, dit le père Mâchoire, car je suppose qu'aujourd'hui vous avez à peu près renoncé à tout cela, n'est-ce pas ? Mais Marion y songe, je vous le dis.

— Marion ! Marion ! ici, descendez tout de suite ! que je vous parle ! cria miss Silence ouvrant violemment la porte. M. Adams veut vous parler.

Marion, toute tremblante, descendit lentement l'escalier de l'étage supérieur, et s'arrêta à l'entrée de la chambre, regardant alternativement sa sœur et le père Adams, pour deviner ce qu'on lui voulait ; elle n'eut pas lieu de s'impatienter.

— Marion, voici cet homme qui prétend que vous avez tendu des filets pour enjôler son fils et lui faire la cour, et je vous ai fait descendre pour que vous lui disiez vousmême que vous n'avez jamais songé à lui et que vous n'y songerez jamais.

Cette manière assez inconsidérée d'aborder la question eut pour effet de faire rougir Marion jusqu'au blanc des yeux, tandis qu'en coupable convaincue elle baissait les yeux sur le tapis.

Malgré sa nature sauvage, le père Mâchoire se sentait ému devant une jolie fille, comme on dit que le sont les animaux féroces lorsqu'ils entendent de la musique ; il contemplait donc d'un œil plus doux que celui de miss Silence les traits timides et pudiques de la pauvre enfant, tandis que sa sœur, irritée de son silence, la secouait par le bras et lui disait avec insistance :

— Mais parlez donc, Marion ! pourquoi ne répondez-vous pas ?

Avec le courage du désespoir, Marion retira vivement sa main de l'étreinte de sa sœur, et se redressant avec la dignité de la fleur qui relève la tête après une ondée :

— Ma sœur, dit-elle, je ne serais pas descendue si j'avais su devoir entendre de semblables paroles. Monsieur Adams, je vous répondrai que votre fils m'a recherchée, et que je n'ai pas été chercher votre fils. Si vous désirez en savoir davantage, il vous renseignera beaucoup mieux que moi.

— Par ma foi ! elle est bien jolie, s'écria le père Adams pendant que Marion fermait la porte sur lui. Après ce tribut involontaire rendu à la beauté, il ramassa son chapeau et dit : Je crois qu'il ne me reste plus qu'à m'en aller ; et il se dirigea vers la porte ; mais au moment de l'ouvrir : miss Silence, si vous désirez conclure quelque chose concernant ce gros mur, vous n'aurez qu'à me le faire dire.

Sans daigner lui répondre, miss Silence se dirigea vers la petite chambre de Marion, où notre héroïne concluait son dernier acte de courage par une surabondance de larmes.

— Marion, je ne vous croyais pas si sotte,

dit sa sœur. Je ne veux pas savoir, quant à présent, si vous avez réellement songé à vous marier avec ce Joseph Adams.

Le cœur de miss Silence était robuste, mais non pas insensible : lorsqu'elle vit Marion prendre la chose au tragique, elle se radoucit graduellement.

— Voyons, pauvre petite sotte, dit-elle lui donnant une légère tappe en guise de sympathie ; vous me faites de la peine. Ce bon à rien vous a ensorcelée sans doute.

— Oh ! ne parlons plus de cela, je vous en supplie, j'en suis malade !

— Voilà comme je vous aime, Marion ! je suis bien aise de vous entendre parler ainsi. Je vous défendrai, Marion. Ah ! si j'attrape Joseph Adams à rôder par ici avec sa figure de blanc-bec, je lui parlerai !

— Non, non, je vous en prie, ma sœur, ne dites pas un mot de tout ceci à M. Adams.

— En tout cas, je puis bien lui dire que nous ne voulons plus entendre parler de lui.

— Mais je ne veux pas lui dire cela du tout ; c'est à dire, je ne sais plus. Enfin, ma sœur, ne lui dites absolument rien.

— Pourquoi pas ? vous n'êtes pas assez simple, je présume, pour vouloir l'épouser malgré tout... hein ?

— Je ne sais pas ce que je veux ou ce que je ne veux pas ; seulement, Silence, si vous m'aimez un peu, promettez-moi de ne rien dire du tout à M. Adams, je vous en prie.

— Allons, c'est bien, je ne lui dirai rien ; mais, Marion, pourquoi ne m'avez-vous rien dit ? Ignorez-vous donc que je remplace notre mère auprès de vous, et que vous eussiez dû vous confier à moi dès le commencement ?

— Je ne sais pas pourquoi, Silence ! je ne m'en sentais pas le courage. Ne parlons plus de tout cela, ma sœur !

— C'est' bien, Marion. Mais vous ne me ressemblez pas, allez ! Cette observation qui avait une haute portée dans la bouche de miss Silence, mit fin à leur conversation.

Le soir même, notre ami Joseph dirigeait sa promenade habituelle du côté de la maison des deux sœurs, non sans quelque appréhension sur le résultat de sa visite, car il avait deviné à l'air satisfait de son père que les hostilités étaient commencées. Il entra dans le grand salon, où il ne ren-

contra que miss Silence, grave et silencieuse cette fois comme un sphinx égyptien,
enfonçant vigoureusement son aiguille dans
la toile plus que grossière d'un sac à pro-
vision ; occupation qui l'intéressait au point
de l'empêcher de s'apercevoir que notre
héros était à quelques pas d'elle. Au bonsoir
accoutumé de Joseph elle répondit par un
froid salut, sans interrompre son travail.
Elle semblait tenir à la lettre la promesse
qu'elle avait faite à sa sœur de ne rien dire
à M. Adams.

Notre héros, nous l'avons dit, était assez
au courant des tours et des détours de l'esprit féminin, et intérieurement résolu d'affronter le danger et de ne donner aucun
prétexte à miss Silence de lui faire mauvais
accueil. La soirée était assez froide et le feu
près de s'éteindre. M. Joseph mit en un clin
d'œil la chambre sens dessus dessous, jetant de côté et d'autre pelle, pincettes, souf-
flet, enlevant du foyer cendres, feu et tisons ;
puis, courant au cellier, il en sortit une
bonne grosse bûche avec d'autres morceaux
plus modestes, et reconstruisit avec une
habileté magique tout un édifice de com-
bustibles qui ne tardèrent pas à siffler, cra-

quer, pétiller et ronfler en une magnifique
flamme dans toute la largeur de la cheminée.

— Là ! voilà ce que j'appelle un feu con-
fortable, dit notre héros ; et tirant à lui une
berceuse, il s'y installa complaisamment et
se frotta les mains d'un air satisfait. Pendant tout ce temps mademoiselle Silence ne
sourcilla pas, mais elle cousait avec une
ardeur telle que l'on entendit bientôt dans
toute la chambre le cric crac de l'aiguille et
le sifflement du fil.

— Avez-vous donc mal à la tête, ce soir,
miss Silence ?

— Non ! fut la réponse monosyllabique.

— Vous paraissez très pressée d'achever
ces sacs ? dit-il jetant un coup d'œil sur un
tas de sacs empilés et prêts à être cousus.

Pas de réponse. — Allons, se dit à lui
même notre héros ; je saurai bien la faire
parler.

Le porte-aiguilles et le fil bis de miss Silence étaient étalés sur une chaise à côté
d'elle. Joseph choisit une aiguille, l'enfila
tranquillement, et prenant un des sacs, il
vint s'asseoir en face de miss Silence, épin-
gla son ouvrage sur son genou, et commença

3.

de coudre avec une fureur au moins égale à la sienne.

La vieille fille leva les yeux et commença par s'agiter sur sa chaise, puis elle se remit à coudre encore plus vite qu'elle ne l'avait fait ; mais plus elle paraissait habile, plus notre héros semblait prendre à cœur de se modeler sur elle, observant toujours un merveilleux silence. Les muscles du visage de la demoiselle se détendaient peu à peu, puis se contractaient de nouveau, et plus ces signes devenaient fréquents, plus le visage de notre héros gagnait en gravité exemplaire.

Tandis qu'ils étaient ainsi assis en face l'un de l'autre, leurs aiguilles luttant de vitesse comme deux locomotives engagées dans un pari, Marion ouvrit la porte.

La pauvre enfant avait pleuré une partie de la journée, et elle ne se trouvait guère en humeur de plaisanter. Mais du moment que ses yeux ébahis eurent saisi le côté comique de cette scène, sa figure s'épanouit, et elle éclata d'un rire inextinguible. Silence cessa de coudre, et la regarda d'un air moitié riant, moitié fâché.

Notre imperturbable héros continuait gra-

vement son travail, retirant son épingle
pour allonger la couture, et la replaçant
pour redoubler d'ardeur et de vitesse.

Silence elle-même s'avoua enfin vaincue;
elle se livra, comme sa sœur, à un élan de
gaîté convulsive. Alors notre héros déta-
cha son ouvrage, et le repliant avec soin, il
la regarda avec l'assurance d'un triompha-
teur, et dit à Marion :

— Votre sœur avait une si grande quantité d'oreillers à faire pour ce soir, qu'elle
en paraissait toute découragée, et elle m'a
invité à lui en expédier une demi-douzaine;
elle était si affairée quand je suis entré,
qu'elle n'a pas eu le temps de me parler.

— Par exemple, si vous n'êtes pas le premier des effrontés !... dit miss Silence.

— Dites plutôt le premier des *travailleurs*...
C'est ce que je pensais.

Marion, qui toute la journée s'était sentie
des dispositions tragiques et qui n'avait
songé à rien moins qu'à prononcer une
éternelle séparation entre elle et son ami,
fut complétement révolutionnée dans ses
idées par cette nouvelle direction que leur
donnait cette plaisanterie, tandis que notre
héros cherchait à conserver les avantages

qu'il avait su conquérir. Enfin miss Silence déclara que si elle eût savonné toute la journée, elle n'eût pas été si fatiguée que par cet accès imprévu de gaîté ; en conséquence, elle prit sa chandelle et laissa complaisamment nos deux jeunes gens s'expliquer comme ils l'entendraient. Il y eut après son départ un moment de grave silence, interrompu par Joseph, qui, venant s'asseoir tout près de Marion, lui demanda sérieusement si son père n'était pas venu le matin même faire à sa sœur des propositions de mariage.

— Non, vous le savez bien, mauvais plaisant ! dit Marion, que l'absurdité de la question fit de nouveau rire aux larmes ; puis elle reprit un petit air boudeur et offensé.

— Voyons, n'allongez pas comme cela votre joli visage, dit Joseph, et parlons sérieusement: J'ai deviné qu'une scène désagréable avait eu lieu ce matin entre mon père et vous ; je ne vous en demande pas les détails. Je vous dirai seulement qu'il a exprimé son mécontentement de notre opinion projetée, qu'il m'a défendu d'y donner suite et...

— Et je vous relève de votre engagement et de toutes promesses que vous auriez pu me faire avant même que vous me le demandiez.

— Vous êtes extrêmement accommodante, mademoiselle, répliqua Joseph, mais je ne saurais promettre avec autant d'abandon de renoncer à certaines promesses qui m'ont été faites ; à moins cependant que les sentiments qui les ont dictées n'aient complétement changé d'objet.

— Oh ! non, bien certainement non ! dit Marion avec feu ; vous savez bien le contraire, mais votre père m'objecte...

— Si mon père vous fait des objections, il est le bienvenu à ne pas vous épouser, miss Marion.

— Joseph, soyez sérieux si vous pouvez !

— Eh bien donc, sérieusement, Marion, je connais mes devoirs envers mon père ; et pour tout ce qui concerne son bien être , je me montrerai toujours son fils soumis et respectueux ; car en fait de soumission, je n'ai pas l'orgueil d'un collégien ; mais dans une question aussi personnelle que celle de me choisir une femme, question qui intéresse le bonheur de toute ma vie, et longtemps

encore après que mon père aura cessé
d'exister, je pense avoir le droit de consulter
ma propre inclination, et avec votre permis-
sion, ma chère petite, je prendrai cette liberté.

— Mais, si vous contrariez votre père,
vous savez comme il est vindicatif, et comment je pourrai devenir un obstacle à votre
fortune ?

— Croyez-vous donc, ma chère Marion,
que je dépende entièrement de mon père,
comme l'héritier d'un majorat en Angleterre,
qui n'a qu'à rester tranquillement sur sa
chaise et attendre que la fortune vienne le
chercher ? Non, j'ai du courage et de l'éducation pour marcher en avant, et si avec cela
je ne trouve pas les moyens de pourvoir
pour vous et pour moi, alors renoncez à
moi, vous ferez bien !

En accentuant ces paroles, le visage de
Joseph brillait du sentiment de sa force et de
son indépendance. Il s'arrêta un moment,
puis il reprit avec plus de calme :

Néanmoins, Marion, je respecte mon père,
quelle que soit l'opinion du monde à son
égard ; je n'oublierai jamais que c'est aux
fruits de son travail que je dois aujourd'hui

l'éducation qui me met à même de faire ou d'être quelque chose. Je ne désespère pas d'obtenir son consentement ; mon père les doué d'une grande partialité pour les jolies personnes ; et si l'on ne contrarie pas son amour pour la tradiction par une opposition intempestive, je m'en fie au temps et à vous-même pour obtenir son consentement ; mais, quoi qu'il arrive, soyez assurée, ma très chère Marion, que mon choix est fait pour la vie, et que je suis incapable d'en changer.

La conversation prit ensuite un cours facile à imaginer par ceux qui se sont trouvés dans semblable situation, et n'a pas besoin par conséquent d'être illustrée par nous.

— Je ne sais vraiment qu'en penser, monsieur Dudley ; croiriez-vous que mon fils Joé s'est pris d'une belle passion pour cette jeune Marion ?

Telle fut l'entrée en matière du père Mâchoire dans l'une de ses visites périodiques à M. Dudley, qu'il trouva assis comme de coutume devant un bon feu de charbon de terre, tandis que la respectable ménagère, assise à ses côtés, agitait les aiguilles d'un tricot.

Un profond observateur eût soupçonné
que cette nouvelle ne surprenait pas beaucoup le brave homme, qui depuis quelque
temps donnait d'assez fréquents conseils à
maître Joseph sur le même sujet ; mais il se
contenta de sourire paisiblement, et répondit : — Il faudrait voir !

— Oui ! et par ma foi, cette fille est fort jolie.
Je leur disais chez moi que la femme de
notre nouveau ministre n'était rien à lui com-
parer.

— Et votre fils va l'épouser? dit la bonne
dame ; je savais cela depuis longtemps.

— Non, pas tout à fait si vite ; nous som-
mes deux pour décider cela. Joé ne m'en a
jamais dit un mot, et il a pris sous son bon-
net de faire la cour à cette jeune fille ; et
quar ' j'ai découvert la chose : Joé, lui dis je,
cette fille ne me convient pas ; et je lui ai
parlé de l'histoire du mur et du vieux moulin,
et de ce lot de terre de Marion ; et je voudrais
savoir aujourd'hui ce que tout cela va devenir.

— Le juge Smith et le squire Moselay sou-
tiennent que mes droits resteront.

— Ah ! c'est leur opinion? En ce cas, vous
poursuivrez sans aucun doute.

— Je ne sais pas.

Le Père Mâchoire fut stupéfié qu'un homme qui avait des droits probables sur une pièce de terre hésitât à les faire valoir. C'était pour lui un problème insoluble.

— Vous dites que votre fils a courtisé cette jeune fille, et que cette pièce de terre forme à peu près toute sa dot ; je l'ai payée cinq cents dollars ; j'ai ici ma consultation du juge Smith et Moselay, concluant à la validité de mes droits devant toutes les cours du monde.

Le Père Mâchoire dressait les oreilles comme un fin limier, lorgnant du coin de l'œil le dossier judiciaire ; mais, à son grand désappointement, M. Dudley serra les pièces dans son pupitre, le ferma à clef, et vint paisiblement reprendre sa place au coin du feu.

— Mais, en vérité, dit le père Adams, je voudrais bien connaître les détails de l'affaire.

— Bien, bien, dit M. Dudley ; les hommes de loi seront ici demain soir ; si l'affaire vous intéresse, vous ferez bien de vous y trouver.

Le Père Mâchoire se demandait en rentrant

chez lui ce qu'il avait pu faire pour gagner
la confiance du vieillard, qui enfin, à sa
grande satisfaction, allait se décider à plai-
per,comme tout le monde.

Le jour suivant, la maison de M. Dudley
avait prit une apparence d'activité et de préparatifs qui ne lui étaient pas habituels. On
avait ouvert le salon de réception pour en
renouveler l'air ; une fournée de gâteaux
cuits et appétissants ornaient la table de la
cuisine. Notre ami Joseph, la mine affairée,
parcourait la maison, et il avait eu déjà plusieurs secrètes conférences avec M. Dudley,
dont l'épouse allait et venait d'un air mys-
térieux, donnant à voix basse ses instructions
sur la quantité d'œufs et de raisins à mettre
dans un pudding, comme s'il se fût agi d'un
secret d'Etat.

Dans l'après-midi, Joseph se présenta au
domicile des deux sœurs, pour leur annon-
cer qu'une grande réunion devait avoir lieu
le soir même chez M. Dudley, et qu'il était
chargéde les y inviter.

— Mais dites-moi doncce qu'ont tous ces
gens depuis quelque temps à se réunir si
souvent ? Joé Adams, il y a encore là quelque
tour de votre invention. Voyons, à quoi êtes-
vous occupé en ce moment ?

— Habillez-vous tout de suite et tenez-vous prête, dit Joseph. Et s'approchant de Marion, qui s'apprêtait à suivre Silence hors du salon, il lui dit quelques mots à l'oreille qui l'arrêtèrent court et la firent rougir violemment.

— Comment, Joseph ? que voulez-vous dire ?

— C'est comme cela, dit-il.

— Non, non, Joseph, non, je ne le puis, je vous assure.

— Vous le pouvez très-bien, Marion.

—Joseph, non, je n'oserai pas.

— Osez, Marion !

— C'est bien étrange !

— Alons ma chère enfant, vous me faites languir. Si vous avez quelque objection au point de vue de la propriété, nous en causerons demain. Et notre héros parut si sûr de lui-même, si persuasif, qu'il n'y avait rien à lui répondre. De sorte qu'après quelques hésitations de la part de Marion, la jeune fille parut convaincue.

A une table placée au milieu du salon de M. Dudley siégeaient les deux avocats dont l'opinion légale devait s'éclairer complétement. Le plus jeune, le squire Moseley, était un petit joufflu célibataire, qui se vantait d'avoir offert sa main à toutes les jolies filles dans une circonscription de vingt milles à la ronde, et, dans le nombre, à Marion Jones elle-même ; nonobstant quoi, il était encore célibataire, avec la perspective de mourir vieux garçon. Mais tant de déceptions n'avaient pu interrompre la gaieté de son naturel et ses inépuisables galanteries. Dans la situation présente, il se trouvait dans son élément ; car en achevant la lecture des papiers, il se leva, frappa sur l'épaule de son grave confrère, fit deux ou trois fois le tour de la chambre, et s'approchant de M. Dudley, il lui prit la main et la lui serra fortement. — Tout va bien, tout va bien ! s'écria-t-il.

A l'arrivée du père Adams, M. Dudley, sans aucun préambule, lui présenta une chaise, et lui montrant les papiers, lui dit :

— Voilà ce que vous désirez tant connaître ; lisez.

Le père Adams les lut d'un bout à l'autre. — Ne vous le disais-je pas ? s'écria-t-il enfin ? Le cas est clair comme le son d'une cloche. Maintenant vous allez plaider, je pense.

— Ecoutez-moi, monsieur Adams ; je vais vous faire une offre. Laissez votre fils

épouser Marion Jones, et je brûle ces papiers,
dont on n'entendra plus parler ; il n'y aura
pas une fille dans toute la commune mieux
dotée que cette jeune fille.

Le Père Mâchoire ouvrit de grands yeux
étonnés, et contempla le vieillard en
ouvrant une bouche qui semblait vouloir
avaler le projet et le lot de terre avec.

— Et puis après ? dit-il

— Je parle sérieusement, dit M. Dudley.

— Mais c'est comme si vous donniez à la
demoiselle cinq cents dollars sortis de votre
poche ; et elle n'a pas d'autres parents à pré-
tendre.

— Je le sais ; mais j'ai dit que je le ferais.

— Dans quel but, grand Dieu ?

— Pour rétablir la paix et la concorde, et
pour bien vous convaincre qu'il vaut mieux
arranger une affaire que d'entretenir un
procès. Je suis un vieillard... Mes enfants
sont morts... — Sa voix trembla d'émotion.
— Mes trésors reposent dans le ciel... Si je
puis faire le bonheur de ces enfants ici-bas,
je le ferai.

Le père Adams regarda fixement le vieillard, et lui dit :

— Bien, bien, je vous crois, et j'affirme

que si vous n'avez pas déjà quelques relations avec l'autre monde, personne ne
saurait en avoir. Ainsi , si Joé n'a pas
d'objection... et je suppose qu'il n'en a pas...

— Le plus clair de tout ceci, dit le squire,
c'est que nous allons avoir une noce ; ainsi
donc avancez... Et il ouvrit la porte de la
chambre voisine, où se tenaient, dans l'em-
brasure d'une fenêtre, Marion et Joseph,
tandis que Silence et le révérend M. Bissel
étaient auprès du foyer, dont la maîtresse de
la maison balayait les cendres depuis que la
société était arrivée.

Joseph prit aussitôt la main de Marion, et
la conduisit au milieu de la chambre ; le
joyeux squire s'empara de la main de miss
Silence, et lui donna la place de demoiselle
d'honneur, et la cérémonie s'accomplit avec
une célérité telle que le Père Mâchoire
s'écria :

— Quoi, quoi donc ! maître Joseph ! monsieur Dudley !

— Franc jeu, dit le squire ; donnez-moi
vos papiers, monsieur Dudley.

Celui-ci les lui passa, et le squire les
lisant à haute voix l'un après l'autre, les
jetait dans le feu jusqu'à ce qu'il n'en resta

pas un ; puis, avec une sorte d'emphase
oratoire, il résuma l'affaire, et conclut par
une exhortation aux nouveaux époux sur les
devoirs du mariage.

Le Père Mâchoire ne cessait d'admirer sa
belle-fille, qui, demi-souriante, demi-rou-
gissante, recevait les compliments de toute
la société. Miss Silence paraissait prise
d'assaut comme il l'avait été lui-même.

— Eh bien, miss Silence, dit-il, ces deux
enfants nous ont assez bien joués, qu'en
pensez-vous ? Il nous reste plus, je crois,
qu'à nous donner une poignée de main. Et
les deux parties belligérantes se donnèrent
une vigoureuse poignée de main, qui fut le
signal des divertissements.

Au moment où la réunion allait se disper-
ser, miss Silence prit le bras de M. Dudley,
et l'entraînant à l'écart :

— Monsieur Dudley, lui dit-elle, je reprends
mot pour mot tout ce que j'ai pu dire contre
vous.

— Ne parlons plus de cela, miss Silence,
dit le bon vieillard, tout cela est oublié depuis
longtemps.

— Joseph ! lui dit son père le lendemain
matin pendant qu'il déjeunait avec les nou-

veaux époux, je calculais que je serais fier de cette jeune fille dont vous m'avez fait cadeau,et je veux vous en donner un autre en compensation : je vous donne la petite propriété que j'ai prise sur l'hypothèque de Stanton ; c'est une délicieuse petite maison avec des volets verts, entourée de fleurs et de toutes ces jolies choses qui plairont à Marion.

Des années de bonheur passèrent sur la tête du jeune couple dans la propriété de Stanton, et longtemps après que la dépouille mortelle de leur vénérable bienfaiteur fut religieusement déposée sous la pierre du champ de repos éternel. Le père de Joseph, vaincu par la magnanimité du bon vieillard, s'amenda sensiblement. Au lieu de se quereller sérieusement avec ses voisins comme il l'eût fait jadis, il se contentait de discuter avec son fils le contre-sens de toutes les questions qui se présentaient dans leurs relations journalières; et comme ce dernier était un fort logicien, il lui fournissait de belles occasions d'exercer ses facultés contradictoires.

Limoges. — Imprimerie de Charles Barbou.